KB125031

아름답고 멋있게
나이 들어가는 사람들을 위한 詩

황혼까지
아름다운
사랑

용
혜
원 시
선
집

아름답고 멋있게
나이 들어가는 사람들을 위한 詩

황혼까지
아름다운 사랑

용혜원 시선집

아름답고 멋있게 나이 들어가는 사람들을 위한 詩

황혼까지 아름다운 사랑

초판 1쇄 인쇄 · 2024년 2월 19일
초판 1쇄 발행 · 2024년 2월 24일

지 은 이 · 용혜원
펴 낸 이 · 이춘원
펴 낸 곳 · 책이있는마을
기   획 · 강영길
마 케 팅 · 강영길
편   집 · 이영호 / dizein@hanmail.net
표지디자인 · GRIM / dizein@hanmail.net

주   소 · 경기도 고양시 일산동구 무궁화로120번길 40-14(정발산동)
전   화 · (031) 911-8017
팩   스 · (031) 911-8018
이 메 일 · bookvillagekr@hanmail.net
등 록 일 · 1997년 12월 26일
등록번호 · 제10-1532호

ISBN 978-89-5639-351-3 (03810)

아름답고 멋있게 나이 들어가는
사람들을 위한 詩

황혼까지
아름다운 사랑

시인의 말

하루해도 떠날 때는
붉게 물든 노을이 되어 아름답게 퇴장한다.
붉게 지는 저녁노을은 누구나 바라보면
가슴이 찡하도록 감탄하고 감동한다.
인생이란?
단 한 번 찾아왔다가 떠나는 반복이 없는 소중한 세월이다.
세월이 흘러갈수록 나이가 들고 늙어가는 것은 아름다운 것이다.
늙어가는 모습에도 감탄하고 감동할 수 있다면
얼마나 멋진 삶인가?
소나무도 느티나무도 나이 많은 노목의 서 있는 모습이
너무나 아름답다.
늙어가며 주름살이 생기고 머리카락이 하얀색이 되는 것도
곱게 늙어가는 모습이다.

늘어갈수록 추하지 않게 자기의 모습을 아름답게 만들어가며
황혼의 삶을 즐기며 멋있고 신나고 아름답게 가꾸어가야 한다.
삶이란, 인생이란 소중한 여행이다.
삶이란 사랑을 배우는 시간이다.
인생이란 사랑할 시간이 주어지는 아름다운 여행이다.
젊은 날의 사랑도 아름답지만,
황혼까지 아름다운 사랑을 할 수 있다면
참으로 축복받은 행복하고 아름다운 인생이다.
단 한 번뿐인 삶, 늘어갈수록 나이답게 늙어가며
인생을 아름답게 표현하며
아름다운 모습으로 살아가야 한다.
인생은 항상 소중하고 언제나 아름답다.
이 시집은 아름답게 멋있게 나이 들어가는 사람들을 위한
시집이다.

                                        용 혜 원 시인

차 례

그리움이 마음의 모퉁이에서
눈물이 고이도록 번져나가면
간절한 맘 잔뜩 쌓아놓지 말고
망설임의 골목을 지나
우리 보고 싶으면 만나자

황혼까지 아름다운 사랑

젊은 날의 사랑도 아름답지만
황혼까지 아름다운 사랑이라면
얼마나 멋이 있습니까

아침에 동녘 하늘 붉게
떠오르는 태양의 빛깔도
소리치도록 멋있지만
서녘 하늘을 붉게 물들이는
노을 지는 태양의 빛깔도
가슴에 품고만 싶습니다

인생의 황혼도
더 붉게 타올라야 합니다

마지막 숨을 몰아쉬기까지
오랜 세월 하나가 되어
황혼까지 동행하는 사랑은
얼마나 아름다운 사랑입니까

황혼은 아름답다

머리카락 햇볕에 하얗게 빛나고
주름살 사이로 흘러간 세월이 보이는
황혼은 아름답다

늙어가면서
욕심을 하나씩 하나씩 버리고
욕망도 하나씩 하나씩 버리고
홀가분한 마음으로
남은 인생을 살아간다

나이 들어 인생이 낡아지는 것이 아니라
성숙한 모습이 되어가는 것이고
나이 들어 인생이 녹스는 것이 나니라
노련한 모습이 되어가는 것이다

행복하게 살아가는
황혼의 노인을 보라
얼마나 멋지고 아름다운가

즐겁게 살아가는
황혼의 노인을 보라
얼마나 여유롭고 편안한가

흘러가는 세월 따라
나이 들어 늙어가는 황혼은
붉게 타오르는 저녁노을처럼 아름답다

그대 달려오라

그리움을 하나씩 걷어내면
그대 올까

겹겹이 쌓인 정을 지우려고
소멸을 거듭해도
지워지지 않는다

가슴에 떠도는
욕망의 피 어쩔 수 없어
남모를 깊고 은밀한 사랑에
넋 잃고 빠졌다

까무러치도록 보고 싶어
가슴이 까맣게 타버려
고통의 벌집이 되고 말았다

마음을 가로질러 떠나가 버려
야위고 수척해지는 것을
어쩔 수 없다

그대 달려오라
꺼질 듯 꺼질 듯 이어가는
그리움의 눈언저리에
슬픈 눈물이 고인다

삶이란 지나고 보면

젊음도 흘러가는 세월 속으로
떠나가 버리고
추억 속에 잠자듯 소식 없는
친구들이 그리워진다

서럽게 흔들리는 그리움 너머로
보고 싶던 얼굴도
하나둘 사라진다

잠시도 멈출 수 없을 것 같아
숨 막히도록 바쁘게 살았는데
어느 사이에 황혼의 빛이 다가와
너무나 안타까울 뿐이다

흘러가는 세월에 휘감겨서
온몸으로 맞부딪치며 살아왔는데
벌써 끝이 보이기 시작한다

휘몰아치는 생존의 소용돌이 속을
필사적으로 빠져나왔는데
뜨거운 열정의 온도를 내려놓는다

삶이란 지나고 보면
너무나 빠르게 지나가고
남은 세월이 한순간이기에
남은 세월에 애착이 간다

낡은 코트

세월이 흐르고
나이가 들자
즐겨 입던 코트도
나이가 들어
낡은 코트가 되어
이별을 준비하고 있다

황혼의 얼굴

험난한 세월 다 지나가고
하얀 머리 바람결에 휘날리는
황혼의 얼굴이 무척 아름답다

흘러간 세월이 곱게 물든
황혼의 얼굴에 주름살이
지난 세월 살아온 길목을 보여준다

살아오면서 마음 씀씀이가
얼마나 착하고 고왔으면
눈빛과 얼굴에 그대로 그려질까

선하고 고운 마음이
얼마나 인간미 있고 순수했으면
고운 피부에 그대로 보일까
하루해 노을 지듯
인생의 황혼에 아름다운 얼굴
보면 볼수록 흘러간 세월 마다하고
곱고 아름다워 찬사를 보낸다

삶의 참 의미

맨몸뚱이 하나로
거친 세상과 맞부딪치며
온갖 시련을 이겨 내야
참맛을 알 수 있다

홀로 버려져
의지할 곳 없어
울음만 터져 나와도
가야 할 길을 가야 한다

막막하기만 할 때
좌절의 슬픔을 알기에
이를 악물고 뛰어들어
헤쳐 나가야 한다

요행을 바라지 않고
선한 일에 쏟을 때
고통마저 껴안는 여유를 갖는다

피와 눈물과 땀으로
진실을 말하는 사람이
삶의 참 의미를 알고 산다

문득 그리울 때

문득 그리울 때
언제나 달려가 만나도 좋을
사람이 있다는 것은 참 행복한 일이다

문득 그리울 때
전화하면 반갑게 들어줄
사람이 있다는 것은 참 기쁜 일이다

문득 그리울 때
한잔의 커피를 나누며 한없이 이야기를
나눌 사람이 있다는 것은 참 좋은 일이다

문득 그리울 때
같이 한없이 걸으며 산책할 수 있는
사람이 있다는 것은 세상 살 만한 일이다

나이 탓

별일도 아닌데
갑자기
가슴이 허전함을 느끼며
눈물이 핑 돈다

산다는 게 무얼까

나이 탓이다
살아온 세월이
늘어난 까닭이다

좌절의 눈물을 닦고 견디면서
그래 살자 살아보자

그래 살아보자

그래 살자 살아보자
절박한 고통도 세월이 지나가면
다 잊히고 말 테니

퍼석퍼석하고 처연한 삶일지라도
혹독하게 견디고 이겨내면
추억이 되어버릴 테니

눈물이 있기에 살 만한 세상 아닌가
웃음이 있기에 견딜 만한 세상 아닌가
사람이 사는데 어찌 순탄하기만 바라겠는가

살아가는 모습이 다르다고 해도
먹고 자고 걷고 살아 숨 쉬는 삶에
흠 하나 없이 사는 삶에 어디 있는가

서로 머리를 맞대고 열심히 살다 보면
눈물이 웃음이 되고
절망이 추억이 되어 그리워질 날이 올 테니

좌절의 눈물을 닦고 견디면서
그래 살자
살아보자

아름답게 산다는 것은

어느 날인가 머뭇거림도 없이
미묘한 쓸쓸함과 슬픔 속에
살아온 추억조차 남기고 떠나야 한다

모든 것들은 기억 속에서 사라지고
살아온 흔적조차 하나 없이
멀찌감치 거리를 두고 허무하게 잊힌다

살아있는 동안 꿈과 갈증을 느끼며
경솔하게 불행에 박히지 않고
아름답게 산다는 것은
썩 괜찮고 가슴 뭉클하고
아주 감동스러운 즐거운 일 아닌가

늘 만나는 사람과 푸근한 미소 속에
정 주고받으며 살아가고
서로 기뻐할 수 있는 감동을
나누어야 한다

뻔한 고집과 미련에 자존심조차 깔아뭉개고
쌀쌀하고 매정한 말투에 몸을 멈칫하며

서로의 가슴에
멍들게 하지 말아야 한다

고독의 늪에 빠져있을 때
방황을 거듭하며 초라해지지 말고
의미를 남겨놓을 수 있도록
따뜻한 인상으로 당당하게 살아야 한다

지금, 이 순간 살아갈 수 있음을 기뻐하며
찾아오는 행복의 날을 위하여
애정을 갖고 손을 흔들어 줄 수 있는
마음의 여유와 희망을 품어야 한다

추억 하나쯤은

추억 하나쯤은
꼬깃꼬깃 접어서
마음속에 넣어둘 걸 그랬다

살다가 문득 생각이 나면
꾹꾹 눌러 참고 있던 것들을
살짝 다시 꺼내 보고 풀어보고 싶다

목매달고 애원했던 것들도
세월이 지나가면
뭐 그리 대단한 것도 아니다

끊어지고 이어지고
이어지고 끊어지는 것이
인연인가 보다

잊어보려고
말끔히 지워버렸는데
왜 다시 이어놓고 싶을까
그리움 탓에 서먹서먹하고
앙상해져 버린 마음
다시 따뜻하게 안아주고 싶다

짧은 삶에 긴 여운이 남도록 살자

한 줌의 재와 같은 삶
너무나 빠르게 소진되는 삶
가벼운 안개와 같은 삶
무미건조하게 따분하게 살아가지 말고
세월을 아끼며 사랑하며 살아가자

온갖 잡념과 걱정에 시달리고
불타는 욕망에 빠져들거나
눈이 먼 목표를 향하여 돌진한다면
흘러가는 세월 속에 남는 것은 허탈뿐이다

때때로 흔들리는 마음을 잘 훈련하여
세상을 넓게 바라보며
마음껏 펼쳐나가며
불쾌하고 짜증 나게 하고
평화를 깨뜨리는 마음에서 떠나자

세월이 흘러
다 잊히기 전에 비참함을 극복하고
용기와 희망을 다 찾아내어
절망을 극복하고 힘을 북돋우자

불굴의 의지와 활기찬 마음으로
부정적 사고를 던져버리고
언제나 긍정적인 마음으로
짧은 삶에 긴 여운이 남도록 살자

커피가 주는 행복감

커피를 마시기 전
먼저 향기를 맡는다

키스하듯
입술을 조금 적셔 맛을 음미한다
기분이 상쾌하다
이 맛에 커피를 마신다

한잔의 커피가 주는 행복감
삶도 허둥지둥 살며
뭐가 뭔지 모르고 살 때가 있다

우리들의 삶도
향기와 맛을 음미해가며
살아가야 하지 않을까

행복이란
그 느낌을 아는 사람에게 찾아온다

똑같은 커피도 장소에 따라
타주는 사람에 따라
시간에 따라
기분에 따라
컵에 따라
그 맛이 전혀 다르다

삶도 마찬가지다
음미하며 살아가자
시간이 너무 빠르게 흐르고 있다

내가 걸어온 길

내가 걸어온 길
나이 들어갈수록 살다 보니
내가 걸어야 할 길이었다

내가 가고 싶어 하고
내가 가기를 원했던 길에서
내가 할 수 있는 일들을 하면서 살아왔다

포기하고 도망쳐버리고 싶었던
힘들고 고통스러웠던 날들도
정말 이런 날도 있을까 감동과 기쁨의 순간도
살아오며 겪어야 했던 인생의 날들이었다

넘어지고 쓰러질 때마다 만감이 교차하고
환호하도록 좋았던 성공의 순간도
찾아왔다가 바람처럼 사라져가고
가슴에 수많은 감정이 왔다가 떠나면서
나이가 들어가고 황혼의 시간이 찾아왔다

내가 걸어온 길
지나고 보니 참 아름다운 추억이 되고
떠나고 나니 그리운 시절이 되었다

내가 걸어온 길
오늘까지 살아보니
참으로 기쁘고 감사하다

다시는 걸어갈 수 없는 길이기에
사는 날 동안
아름다운 순간들로 가슴에 담고
남은 인생도
내가 걸어가야 할 길을 걸어가야겠다

동행

어느 날 세상에서
가장 행복한 곳으로
들어가는 길을 찾았다 해도
동행하는 이 없이 혼자라면
더 외롭고 쓸쓸하다

시련과 고통이 있다고 해도
사랑하는 이 있다면
모든 염려와 걱정을 이겨낼 수 있다

우리는 기쁨보다 슬픔을
너무나 쉽게 찾아낸다
우리는 비난과 비판을 하는데
너무나 많은 시간을 버리고 있다

서로 기뻐할 수 있고
서로 감사할 수 있다면
두려울 것은 아무것도 없다

사랑은 힘이다
그 어떤 것도 순수한 사랑의 힘을
이겨낼 수 있는 것은 없다

사랑은 위대하다
사랑에 후회가 없는 사람은
삶에도 후회가 없다

지금 우리는 누군가와 동행하고 있다
그와 함께 기쁨을 누리자

물음표

나에겐 커다란 물음표가
하나 있다

삶이란
질문이다

구름 나그네

하늘 구름 둥둥
푸른 하늘 떠나가니
구름 나그네다

어디로 가는 것일까
누구를 만나려고 떠나는 것일까

구름의 마음을
구름의 생각을
알 수는 없지만

하늘 구름 바람 타고
어디론가 떠나가니
구름 나그네다

눈물 많은 세상

고통이 옹이가 되어 박혀
심장과 맥박이 뛰는
이 세상은 참으로 눈물 많은 세상이다

이런 이야기 저런 이야기 만들어가며
이런 슬픔 저런 슬픔 이런저런 고통으로
울다 떠나는 사람들이 많고 많다

온갖 상처로 남은 마음의 흉터는 이유를 알고
싶을수록 잔인하고 슬픔은 아무리 꽁꽁
숨어있어도 터뜨리고 싶은 눈물이다

슬픔과 고통을 감싸주거나 보살펴주지 않으면
눈물이 지나쳐 절망이 찾아오고
살다 보면 상처받아 가슴에 구멍 숭숭 뚫려
끝 모를 절망이 찾아오면
어찌할 수 없는 선택을 하는 사람도 있다

무관심과 소외와 방관으로
이 땅의 삶이 비극으로 끝나지 않고
희망을 이루어가며 행복한 삶을 만들어야 한다.

눈물이 웃음으로 바뀔 수 있도록
우리는 서로 함께해야 하고
이 세상 사람들이 행복한 웃음으로
살아갈 수 있도록 함께 해야 한다

인생이란

인생이란
살려고 몸부림칠 때마다 힘들고 어려워서
참으로 많이
울고 웃으며 살아간다

인생이란
지나고 나면 아쉽고 안타까워
참으로 많이
허탈하게 허전하게 살아간다

남들은 쉽게 사는데
나만 힘든 것 같고
남들은 웃고 사는데
나만 우는 것 같다

인생이란
살아있어야만 사는 삶인데
아프고 병들어
고생하는 사람도 많다

인생이란
목숨이 있어야 사는 삶인데
각종 사고와 사건으로
훌쩍 떠나는 사람들이 참 많다

인생이란
사람들이 살아가는 삶인데
수많은 이야기를 남기고 살다가
결국에는 모두 다 죽음으로 떠나 말이 없다

참 쓸쓸하다

살다 보면 살아가다 보면
모두 다 떠난 듯 텅 빈 마음이
참 쓸쓸하다

만날 사람도 없고
가야 할 곳도 없고
해야 할 것도 없을 때가 있다

마음은 커다란 구멍이 뚫린 듯
허전함도 커지고
야윈 심장을 고독이 찌른 듯
외로워도 너무 외롭다

거리를 걸어가며 만나는 사람들
모두 다 외면하는 듯
시선들이 낯설고 차갑다

커피를 마시며
둘러보아도 수많은 사람 속에
나만 쓸쓸하고 외롭다

나이 들어 늙어가며
자꾸만 쓸모가 없는 것 같아
뼈아픈 고독이 찾아온다

내 곁에서 사람들이 떠나면
이 세상은 나 혼자 외롭게 남는
고독하고 쓸쓸한 섬이 된다

잘 지내고 있습니까

오랫동안 하고 싶어도
할 수 없었던 말이
"잘 지내고 있습니까?"입니다

흘러가고 떠나는 세월을 따라
잊힌 줄 알았더니
그리움이 눈앞에 지워지지 않아
많은 눈물을 흘렸습니다

혹시 혹시나 소식이 올까
기다리던 기다림도
모두 포기하고 말았지만
다시 만날 수 있을 것이라는
미련을 버리지 못했습니다

사랑한다는 말도 하지 못하고
함께했던 시간이
추억이 되어 영영 사라질 것만 같은
안타까움에 심장까지 울렁거립니다

 떠나던 날 길을 잃고 말았기에
안쓰럽고 궁금한 마음에
안부를 물어봅니다
"잘 지내고 있습니까?"

삶의 깊이를 느끼고 싶은 날

삶의 깊이를 느끼고 싶은 날
한잔의 커피로
목을 축인다

떠오르는 수많은 생각들
거품만 내며 살지는 말아야지
거칠게 몰아치더라도
파도쳐야지

겉돌지는 말아야지
가슴 한복판에 파고드는
멋진 사랑을 하며
살아가야지

나이 들면서
늘 안타까운 마음이 든다
이렇게 살아서는 안 되는데
더 열심히 살아야 하는데
늘 조바심이 난다

가을이 오면
열매를 멋지게 맺는
사과나무같이
나도 저렇게 살아야지 하는 생각에

삶의 깊이를 느끼고 싶은 날

한잔의 커피와
친구 사이가 된다

아마 모르는 사람이 많을 거야

이 세상에 수많은 사람이 살아가고 있지만
얼마나 많은 사람이
서로 무관심 속에 소외되어 살다가 떠날까

오늘도 얼마나 많은 사람이
상처받고
고통을 당하고
절망하며 죽어가지만
아마 모르는 사람이 많을 거야

지금도 얼마나 많은 사람이
외롭고
쓸쓸하고 비참하게
버림당한 듯 몸부림치며 살아도
아마 모르는 사람이 많을 거야

이 시간도 세상 곳곳에서
비난당하고
모욕당하며
허무함에 쓰러지지만
아마 모르는 사람이 많을 거야

인생사가 때로는 참으로 허망하다

나이가 들어간다는 것은

세월의 흐름 따라 기약도 없이
툭툭 튕겨 나간 시간 속에
시름에 새겨지는 것은 주름살이다

늘 복닥거리며 살아
맑았던 눈동자 침침하도록
뼛속까지 애끓던
잘못 저지르던 시절의
고통을 덮어주는 것도 세월이다

그리움 찾아 잠 못 들던
시절도 사라지고
아쉬움만 남지만
무슨 핑계를 대도 아무 소용이 없다

기억을 긁어내려 추억해보아도
눈물겨웠던 날들도 떠나가고
질기게 엉키던 뿌리도
풀릴 시간이 왔다

바라고 원하고 이루어진 것들마저
손끝을 떠나고 홀로 남는
외로움은 깊이를 더하는데
남은 삶의 세월이
얼마나 눈물겨운 이야기인가

낡음

청춘의 시절이 떠난
낡음에는 흘러간 연륜의 흔적이
고스란히 남아있다

세월이 흘러가 낡을수록
혹시 버려질까
혹시 잊힐까
아쉬움 속에 안타까움이
늘 동반하여 마음속에 자리잡는다

세월이 이리도 빨리
흘러갈 줄 몰랐다
세월이 이리도 훌쩍
떠나갈 줄은 몰랐다

청춘의 시절이 떠난
낡음에는 지나간 세월의 추억이
그대로 남아있다

인생살이

팽팽한 긴장 속에서
눈에 핏줄이 터지고 입술이 터지며
치열하게 치열하게 살아갑니다

나만 힘들다 한탄할 수 있지만
둘러보면 인생살이 다 그렇습니다

인생살이 함부로 설명하지 맙시다
인생살이 함부로 절망하지 맙시다
인생살이 함부로 좌절하지 맙시다

내가 찍은 발자국이 후회스럽더라도
부디 잘 견디면서
간절함 속에 그렇게 삽시다
걸어온 길보다 남은 삶이 짧습니다

이별해야 할 때

떠나보내는 슬픔을 알면서도 이별을 해야 할 때
가슴 시린 안타까움이 많지만
잡았던 손을 놓아야 한다

만나는 것도 때가 되면 이별해야 할 때
이별은 분명한 시간으로 찾아온다

눈물이 나고 마음이 저리도록 아프고 괴로워도
떠나고 마는 것을 막을 도리는
이리저리 찾아보아도 전혀 없다

떠나는 날이 찾아오기에
만남이 있는 동안 소중하다
만남이 있는 날 동안 사랑하자
아무런 후회하지 않도록 아낌없는 사랑을 하자

이별해야 할 때 아쉽지 않고 서운하지 않게
사랑할 때 사랑할 수 있을 때
온 마음을 다하여 마음껏 사랑하자

날마다 떠나는 여행

나는 날마다
삶이라는 여행을 떠난다

늘 서툴고
늘 어색하고
늘 뒤처져서

언제나 떠나면
다시 돌아올 줄 알았는데
떠나기만 하는 여행이다

혼자 울고 싶을 때

이 나이에도
혼자 울고 싶을 때가 있습니다
손등에 뜨거운 눈물을
뚝뚝 떨어뜨리고
멍하니 허공을 바라보며
혼자 울고 싶을 때가 있습니다

이젠 제법 산다는 것에
어울릴 때도 되었는데
아직도 어색한 걸 보면
살아감에 익숙한 이들이 부럽기만 합니다

모두 여유가 있어 보이는데
나만은 어릴 때나 지금이나
똑같은 것만 같습니다

이제는 어른이 되었는데
자식들도 나만큼 커 가는데
가슴이 아직도 소년 시절의 마음이
그대로 살아있나 봅니다

나잇값을 해야 하는데
이젠 제법 노숙해질 때도 됐는데
나는 아직도 더운 눈물이 남아있어
혼자 울고 싶을 때가 있습니다

꿈

꿈만 꾸지 않고
꿈대로 살았더니
꿈이 이루어졌다

문득 그립고 보고픈 당신

세월이 벌써 흘러갔는데 문득 그립고 보고픈 당신
무척 많이 사랑했나 보다
아주 많이 좋아했나 보다
내 마음에 불쑥 들어와 웃는다

내 마음을 어찌 감당할 수 없게
몽땅 흔들어 놓아 당장이라도 보고 싶은 마음에
그리움이 빗발치듯 가슴에
휘몰아쳐 마구 달려오고 있다

세월이 훌쩍 지나갔는데 문득 그립고 보고픈 당신
무척 많이 사랑했나 보다
아주 많이 좋아했나 보다
내 마음에 들어와 나를 보고 있다

내 마음을 어찌 감당할 수 없게
통째로 흔들어 놓아 지금이라도 보고픈 마음에
그리움이 거센 파도 치듯
달려들어 몰려오고 있다

사람 사는 거 다 그런 거야

산다는 걸 너무 괴로워하지 마
사람 사는 거 다 그런 거야
잘난 사람 못난 사람 너나 할 것 없이
입술을 깨물며 그렇게 살아가는 거야

산다는 걸 너무 훌쩍거리며 슬퍼하지 마
고상한 듯 보여도 아플 것은 아픈 거야
암 병동에서 죽음을 거부하는 사람을 보면
삶이 얼마나 소중한지 알 수 있는 거야

피곤함에 찌들고 힘들어도 너무 아파하지 마
잘난 듯 보여도 초라한 구석은 있는 거야
큰 집에 사나 작은 집에 사나
속사정을 알고 보면 다 똑같은 거야

산다는 것 아름다운 거야
죽음의 굴레 찾아오면 짐승 밥이 되거나
뼛가루 되어 오는 산 어느 강에 뿌려지고 말 텐데
염장 지르고 눈 부릅뜨고 살아서 무엇하나

미치도록 괴로워도 너무 절망하지 마
독하게 마음먹고 허리 질끈 동여매고
이마에 땀 흘리며 살다 보면
너털웃음 웃을 날도 올 거야

사람 사는 세상살이

사람 사는 세상살이
거기가 거긴데
뭘 부러워하고 탓하며 살아갈까

이 세상 누구 하나
날마다 행복한 사람들은 없고
울기도 하고 웃기도 한다

사람 사는 세상살이
똑같은 반복이 계속되는데
뭘 짜증 내고 투덜대며 살아갈까

이 세상 누구 하나
평생 건강하기만 한 사람 없고
앓기도 하고 눕기도 하며 살아간다

여행

한동안 지루함이 가득하면
어느 날 모든 것을 놔두고 훌쩍 떠나는 것이다

여행은 새로운 것을 만나는 것이다
아름다운 풍경, 재미있는 풍경
가슴 아픈 풍경을 만나는
그 순간을 감동하려고 떠난다

여행은 낯선 것들을
만나는 흥분과 감동 속에
삶에 행복을 가득하게 붙여준다

여행은 흘러가는 세월 속에서
타인이 사는 풍경 속에서
나를 새롭게 만나는 것이다

여행 속의 풍경들은
내 마음속에 잔상으로 담겨 있다가
문득 그리워지면
눈앞에 그림처럼 펼쳐진다

헤어진다는 것은

사랑이 끝나는 곳에 헤어짐이 있다
헤어진다는 것은 차마 하지 못 할 일
사랑했던 사람의 가슴에
못을 박는 아주 슬픈 일이다
헤어진다는 것은 다시는 만날 수 없는 무모한 짓이다

사랑하기에 헤어진다는 말처럼
그럴듯한 거짓말은 없다
사랑이 식었기에 사랑하기 싫기에 떠나는 것이다

살다 보면 가끔 그리움이 찾아와
그리워지고 보고 싶어도 다시는 만날 수 없다
헤어져도 살 수는 있겠지만
그리움만 가득하겠지만
만날 수 없는 고통만 가득할 것이다

헤어진다는 것은 애처로운 것
눈물 나게 슬픈 일
영영 다시는 못 만나는 것이다

흘러만 가는 강물 같은 세월에

흘러만 가는 강물 같은 세월에
나이가 들어간다
뒤돌아보면 아쉬움만 남고
앞을 바라보면 안타까움만 가득하다

인생을 알 만하고
인생을 느낄 만하고
인생을 바라볼 수 있을 만하니
이마에 주름이 깊이 새겨져 있다

한 조각 한 조각 모자이크한 듯한 삶
어떻게 맞추나 걱정하다 세월만 보내고
완성되는 맛 느낄 만하니
세월은 너무나 빠르게 흐른다

일찍 철이 들었더라면
일찍 깨달았더라면
좀 더 성숙한 삶을 살았을 텐데
아쉽고 안타깝지만

남은 세월이 있기에
아직은 맞추어야 할 삶이란 모자이크를
마지막까지 멋지게 완성해야겠다

흘러가는 강물 같은 세월이지만
살아있음으로 얼마나 행복한가를
더욱더 가슴 깊이 느끼며 살아가야겠다

관심

늘 지켜보며
무언가를 해주고 싶었다

네가 울면 같이 울고
네가 웃으면 같이 웃고 싶었다

깊게 보는 눈으로
넓게 보는 눈으로
너를 바라보고 있다

바라보고만 있어도 행복하기에
모든 것을 포기하더라도
모든 것을 잃더라도
다 해주고 싶었다

한 번쯤은

한 번쯤은
정말로 하고 싶었던 일을
하면 안 될까

그동안 하고 싶어도
혹시나 해서 미뤄뒀던 일
설마 해서 망설였던 일

아무 생각 없이
아무 후회 없이
눈 딱 감고 한 번쯤은
폭 빠져버리면 안 될까

아무 일도 없었던 것처럼
일상으로 돌아올 수 있다면
한 번쯤은 정말 하고 싶었던 일을
해보고 싶다

늙을수록 숲길을 걸어가자

젊음이 썰물처럼 빠져나간
늙음은 매우 외롭다
늙을수록 숲길을 걸어가자

숲길을 걸으며
외로움을 하나둘 놓아버리자

숲길을 걸으며
쓸쓸함도 하나둘 놓아버리자

숲길을 걸며
걱정과 근심을 하나둘 놓아버리자

늙을수록 숲길을 걸어가자
초록의 싱싱함에 풍덩 빠져
초록의 싱그러움을 마음으로 느끼자

숲길을 걸으면 걸을수록
마음이 편안해진다

숲길을 걸으면 걸을수록
마음이 가벼워진다

노부부 산책

얼굴에 지나간 세월의 흔적이
주름이 가득한
나이가 아주 많은 황혼의 노부부가
호수공원을 산책하고 있다

할아버지가 몸이 쇠약한지
걸음걸이가 늦고 힘든지
할머니에게 손짓하며 말했다.
"어이! 먼저 가요!"

할머니가 먼저 가며 뒤돌아보고
뒤돌아보다가 말했다.
"어서 와요!"

노부부는 한참 동안 바라보며
똑같은 말을 수없이 하고 걸었다
"어이! 먼저 가요!"
"어서 와요!"

황혼 부부의 다정함이 내 눈물을 적시고
내 마음을 적시고 있었다

낭만이 있는 삶

낭만과 멋이 있는 삶을
누구나 원하고 좋아하기에
나이에 맞게 나이 들어가며
나이답게 살아가며
멋있는 삶을 살아야 한다

우리는 집 가까운 카페에서
친구들과 커피를 마시며
낭만과 멋을 즐길 수 있다

황혼이 짙어도 때로는
분위기 좋은 커피점에서
추억을 회상하며 커피를 마셔도 좋다

시간이 허락되는 대로
호수가 있는 공원을 걸으며
사랑하는 사람과 정답게 대화를 나누는 것도
참으로 멋있는 일이다

한가한 시간에는 시와 소설을 읽으며
글자 여행을 떠나거나
영화를 보며
삶의 이야기를 바라보며
삶의 여유를 즐겨도 좋다

가벼운 마음으로 여행 떠나
삶의 쉼표를 짙게 찍으며
삶의 피로를 풀어내는 것도 좋고
맛있는 음식을 찾아 여행해도 좋다

젊어지고 싶다면 청바지에 빨간 티를 입고
젊은 마음으로 거리를 산책해도 좋다

우리 인생은 낭만과 멋이 있어야 살맛이 난다

가장 외로운 날엔

모두 다 떠돌이 세상살이
살면서 살면서
가장 외로운 날엔 누구를 만나야 할까

살아갈수록 서툴기만 한 세상살이
맨몸, 맨손, 맨발로 버틴 삶이 서러워
괜스레 눈물이 나고 고달파
모든 것에서 벗어나고만 싶었다

모두 다 제멋에 취해
우정이니 사랑이니 멋진 포장을 해도
때로는 서로의 필요 때문에
만나고 헤어지는 우리
텅 빈 가슴에 생채기가 찢어지도록 아프다

만나면 하고픈 이야기가 많은데
생각하면 눈물만 나는 세상
가슴을 열고 욕심 없이 사심 없이
같이 웃고 같이 울어줄 누가 있을까

인파 속을 헤치며 슬픔에 젖은 몸으로
홀로 낄낄대며 웃어도 보고
꺼이꺼이 울며 생각도 해보았지만
살면서 살면서 가장 외로운 날은
아무도 만날 사람이 없다

우리 보고 싶으면 만나자

그리움이 마음의 모퉁이에서
눈물이 고이도록 번져나가면
간절한 맘 잔뜩 쌓아놓지 말고
망설임의 골목을 지나
우리 보고 싶으면 만나자

무슨 사연이 그리 많아
무슨 곡절이 그리 많아
끈적끈적 달라붙는 보고픈 마음을
간간이 막아놓는가

그렇게 고민하지만 말고
애타는 마음 상처만 만들지 말고
우리 보고 싶으면 만나자

보고픈 생각이 혈관까지 찔러와
속병에 드는데
만나지도 못하면
세월이 흐른 후에 아무런 남김없이
억울함에 통곡한들 무슨 소용인가

남은 기억 속에 쓸쓸함으로 남기 전에
우리 보고 싶으면 만나자

그리워 하염없이 눈물만 흘리며
마음의 갈피를 못 잡고
뼛골이 사무치도록 서운했던 마음
다 떨쳐버리고
우리 보고 싶으면 만나자

우리 만나 기분 좋은 날

우리 만나 기분 좋은 날은
강변을 거닐어도 좋고
돌담길을 걸어도 좋고
공원 벤치에 앉아 있어도 좋습니다

우리 만나 기분 좋은 날은
레스토랑에 앉아 있어도 좋고
카페에 들어가도 좋고
스카이라운지에 있어도 좋습니다

우리 만나 기분 좋은 날은
이 세상이 온통 우리를 위하여
축제라도 열어놓은 듯합니다

하늘에 폭죽을 쏘아놓은 듯
별빛이 가득하고
거리의 네온사인은 모두
우리를 위한 시입니다

우리 만나 기분 좋은 날
서로 무슨 말을 해도
웃고 또 웃기만 합니다
또한 행복합니다

이런 날이면

비 오는 날
그대에게 전화를 걸었습니다

이런 날이면
아무런 이유가 없어도
그대를 만나고 싶습니다

울적해지는 마음
산다는 의미를 생각해보고
살아온 길을 생각해보다가
허무에 빠지게 되면
온몸이 탈진한 듯
힘이 없습니다

나의 연인이여
사랑하는 사람아
이런 날이면
그대가 먼저 전화해

"보고 싶다 우리 만나자" 하면
정말 얼마나 좋겠습니까

황혼의 친구

나이가 들면 주름살 사이로
서운함과 안타까움만
남아있다

친구가 멀리 떨어져 있어
자주 만날 수 없어
어떻게 지내고 있나
전화했다

"어떻게 지내?"

"날마다 그 타령이지
 요사이 아침마다 약을 한 주먹씩 먹고 살아!"

"다 그렇지 뭐! 나도 그래 잘 지내!"

"자네는 어떻게 지내며 사나?"

"나야 뭐! 뾰족한 수가 있나
 전에 하던 일 계속하고 있네!

"요즘도 일해? 뭐 하는데?"

" 나야! 항상 집에서 놀고 있지!"

어떤 친구

오랫동안 소식 한번 없더니
오래간만에 전화해서
밥 한번 사라고 한다

오랫동안 소식 한번 없더니
오래간만에 전화해서
돈 빌려 달라고 한다

오랫동안 소식 한번 없더니
오래간만에 전화해서
초상났다고 오라고 한다

오랫동안 소식도 없더니
오래간만에 전화해서
자식이 결혼한다고 오라고 한다

오랫동안 소식도 없더니
오래간만에 전화해서
이혼했다고 서러워 만나자고 한다

오랫동안 소식도 없더니
전화 한번도 안 하더니
저승길로 혼자 훌쩍 떠나가 버렸다

살다 보면

살다 보면 넘어질 수도 쓰러질 수도 있지만
쉽게 포기하지 말고
끝까지 허탕 치고 살지는 말아야 한다

살다 보면 욕망에 쉽게 유혹당하고
욕심의 노예로 초라한 순간도 있지만
쉽게 절망하지 말고
끝까지 도전하며 살아야 한다

힘들고 괴로울 때 가슴이 막히고
아픔의 크기가 점점 커졌다

마지막까지 후회하며 통탄하며
어떤 경우에도 눈꼴사납게
개 거품 물고 비굴하게 살지는 말자

사람이 끝까지 사람답게 살지 못하면
짐승과 다른 것이 무엇인가
힘없이 살던 세월에 가슴이 까맣게 타고
가슴에 멍이 들어 눈물을 자주 흘렸다

마음의 심지

혼절한 어둠이 가득했던 시절
꿈이 허공에 떨어지고
몸과 마음이 춥고 떨렸다

고통 속에서 어둡고 비참한 양심이
허덕이던 고통의 나날들
지친 모습으로 절망의 늪에 빠져
구겨진 마음으로 버티기도 힘들었다

사사로운 일에 몰두하거나
헛된 일에 서성거리고 팔짱 끼고 있지 말고
어떤 경우에도 마음의 심지가
제대로 뿌리를 내려야 한다

사사로운 사욕의 노예가 아니라
개인적인 욕심의 종이 아니라
항상 정도를 걸어가야 한다

세상살이 수많은 혀의 유혹 속에서도
마음의 심지를 바로 가져야 한다
후회하지 않을 삶을 살고 싶다면
마음의 심지에 선한 양심의 불을
항상 꺼뜨리지 말고 켜놓아야 한다

괴로운 세상

정말 힘들지
포기하고 싶지
모든 것이 귀찮아 훌쩍 떠나고 싶지
괴로워서 죽고 싶지
그렇지만 인내하며 견디어보자

세월이 지나고 보면
모든 것이 지난 일이 된다

힘들고 괴로웠던 순간들도
아마득하게 멀어져 가고
그리워지는 추억이 되고 말 테니
기다리자 좀 더 기다려보자

밉지 모든 게 싫지
털털 털어버리고 뒤집어엎고 싶지
꼴도 보기 싫지
그렇지만 참자 참아보자

떠나고 흘러가면
모든 것이 옛일이 된다

홀로 힘든 세상이지만
홀로 괴로운 세상이지만
힘을 내어 살아가자

오늘의 깊은 슬픔도
어쩌면 아름다운
추억으로 남아있을 것이다

노을 같은 사랑 1

하루해가 떠나는 저녁노을이
온 하늘을 붉게 물들이며
마지막 순간까지 아름답게 떠난다

하늘을 붉게 물들이고
석양을 붉게 장식하며 떠나는 노을처럼
긴 여운을 아름답게 남기는
노을 같은 사랑을 하고 싶다

그대 가슴에 온통 사랑으로 물들어
둘이 함께 풍덩 빠져도 좋을
멋진 사랑을 하고 싶다

삶이 노을 지는 순간에도
내 사랑이 너무나 행복해서
붉게 사랑으로 물들었으면 좋겠다

내 사랑이 너무나 좋아 환호하며 소리치도록
아름다운 노을 같은 사랑을 하고 싶다

노을 같은 사랑 2

허망하게 흘러가는 세월의 틈에서
휑하니 뚫린 허전함 사이로
저지른 사랑의 흔적이 남아
그리움에 목 터지도록 울부짖는다

수많은 밤을 뒤척이며
흘린 눈물이 속 좁은 가슴에서 터져 나와도
어디론가 흩어지고 마는
그리움이 아직도 눈 끝에 남아있다

세월의 끝이 보여 억장이 무너져 내리고
남아있는 목숨마저 비명을 질러대
거둬들일 때가 되면 맑아지는 마음에
남은 욕심마저 다 풀어놓는다

모든 걸 훌훌 털어버려도 좋을 시간이 오면
잔잔히 번지는 황혼 속에
아무런 후회 없이 아무런 욕심 없이
불붙듯 타올라 온 천지를 붉게 물들이는
노을 같은 사랑을 할 수 있다면
지나온 세월도 아무런 후회가 없다

삶이란 시간 여행

사람들은 출생과 동시에
시작되는 삶이란 시간 여행을 떠난다

찾아왔다 떠나는 시간은
다시는 반복이 전혀 없다

삶이란 시간 여행이 시작되면
삶이란 시간은 세월이 지나갈수록
점점 줄어들기에 고귀하고 소중한 여행이다

사람들은 삶이란 시간 여행 속에
꿈을 이루고 희망을 이루어가고
사랑을 꽃피우고 열매를 맺으며 살아간다

이 여행은 그 무엇으로도 바꿀 수 없는
값진 여행이기에 제멋대로 살아서 삶을 불행하게
만드는 어리석은 행동을 하지 말아야 한다

우리는 이 여행 속에 주인공이 되어
날마다 멋지고 행복하게 살아야 한다

손끝에서 발끝까지
그리움이 몰려오면
보고 싶다는 말을
수없이 말해도
아무 소용이 없어요
우리 만나요

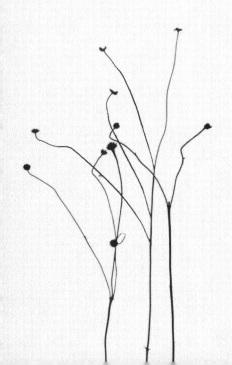

사람을 만나고 싶습니다

사람을 만나고 싶습니다
누구든 이 아니라
마음이 통하고
눈길이 통하고
대화가 통하는 사람과
잠시만이라도 같이 있고 싶습니다

살아감이 괴로울 때는
만나는 사람이 있으면 힘이 생깁니다

살아감이 지루할 때면
보고픈 사람이 있으면 용기가 생깁니다

그리도 사람은 많은데
모두 다 바라보면
멋쩍은 모습으로 떠나가고
때론 못 볼 것을 본 것처럼 외면합니다

사람을 만나고 싶습니다
친구라 불러도 좋고
사랑하는 이라 불러도 좋을
사람을 만나고 싶습니다

괜찮아! 잘 지내고 있지!

갑자기 들이닥친 큰 고통에
가슴에 대못을 박듯
큰 고통에 어쩔 줄 몰라 하던 모습이
눈앞에 선하고 애가 타는데
괜찮아! 잘 지내고 있지!

삶을 살다 보면 누구나
큰 어려움과 온몸에 가득한
고통도 찾아오는 거야

다시 꿋꿋하게 일어서야지
남은 인생 사람답게 살아가야지
과거에 목매달지 말고
내일을 바라보고 씩씩하게 살아야지

그때는 가슴을 쥐어뜯도록
피눈물 속에 괴로웠어도 시간도 흘러가고
세월이 가면 고통의 상처도 아물어질 거야

그동안 잘 지내오다가 갑자기 닥친 일이니
훌쩍 떠나는 세월 속에
옛일을 바람처럼 날려 보내고 다시 시작해
힘내! 용기를 내! 일어서는 거야!

내일은 슬픔과 아픔보다
기쁨과 즐거움 속에 크게 웃을 날이 찾아올 거야

안부

우리 언제부터 안부조차 묻지도 못하고
멀리 떨어져 있게 되었을까

헤어지면서도 헤어진 줄 모르고
세월이 흐르다 보니
너무 멀리 떨어져 있다

잘 지내고 있겠지! 마음으로 물어보지만
대답도 듣지 못하고 살아가는
내 모습이 애잔할 뿐이다

떠나고 나면 남는 것은 그리움뿐인데
안부를 물을 수도 알 수 없으니
허전함 속에 안타까움이 몰려온다

그래도 언제나 행복하게 살기를 바라는
내 마음은 변함이 없다

삶의 아름다운 장면 하나

그대는
기억하고 싶고
소중히 간직하고 싶고
누구에게나 이야기하고 싶은

삶의 아름다운 장면 하나
간직하고 있습니까

그 그리움 때문에
삶을 더 아름답게 살아가고 싶은
용기가 나고
힘이 생기는

삶의 아름다운 장면 하나
간직하고 있습니까

커피 한잔의 행복

지나간 삶의 그리움과
다가올 삶의 기대 속에
우리는 늘 아쉬움이 있다

커피 한잔의 행복을 느끼듯
소박한 마음으로 살아가고
작은 일들 속에서도 보람을 느끼면
삶 자체가 좋을 듯싶다

항상 무언가에 묶인 듯
풀려고 애쓰는 우리
잠깐이라도 희망이라는 연을
삶의 한 가운데로 날릴 수 있다면
세상은 좀 더 따뜻해지지 않을까

때론 커피 한잔의 여유를 느끼며
미소를 지으며 살아가고 싶다

시간

시계가
동그라미를
그리며
돌고 있어
돌아오는 줄 알았더니
영영 돌아오지
않는구나

외로울 거야

외로울 거야
피가 말갛게 흐르는 시간을
어떻게 보낼까

가슴에 구멍이 숭숭 뚫려
바람이 세차게 불어올 텐데
외로울 거야

떠날 만큼 떠나고
돌아설 만큼 돌아서서
그리운 마음 꾹 눌러놓았어도
외로울 거야

날마다 차곡차곡 쌓이는 그리움
등 따숩게 기대고 살려면
마음의 물꼬는 트고 살아야지
싸늘하게 냉기를 불어넣으면
어떻게 감당하며 사냐

잔잔히 떠도는 그리움에
사랑한다는 말
그립다는 말
보고 싶다는 말이 맴도는데
숨이 꼴깍 넘어가도록 외로울 거야

인생이 무대에 올려진 연극이라면

인생이 무대에 올려진 연극이라면
맡겨진 연기에 정열을 다하여
열연하고 싶다

순간순간 관객들의
박수를 받을 수 있도록
온몸이 땀에 젖도록 연기를 한다면
연극이 절정에 달할수록
박수와 환호는 더 커져만 갈 것이다

처음 무대에 설 때는
무대에 익숙하지 않고
연기마저 서툴러 실수를 연발하고
대사마저 잊어버려 울고 싶겠지만
모두 다 처음엔 그렇게 시작할 것이다

연기가 익숙해질수록
멋과 낭만을 즐기고 싶다

무대에 늘어선 연기자들에게
막이 내리기까지 손뼉을 치는 관객들의
뜨거운 감정을 온몸으로 느끼고 싶다

우리들의 인생은 그런 멋이 있어야 한다
삶의 마지막까지 박수받을 수 있어야 한다

우리들의 인생이
단 한 번 무대에 올려진다면
오늘도 멋진 연기를 해야 하지 않을까

더 쓸쓸하고 고독하다

세월이 젊음을 발라내고 나면
나이가 들수록
더 쓸쓸하고 고독하다

백발과 주름이 가득하고
삶의 끝이 보이기 시작하면
팽팽하던 힘도 사라지고
몸의 온도도 내려가고
사람들의 시선도 멀어진다

삶이 투명해지기 시작하면
세상이 들여다보여 알 것만 같은데
너무도 허무하게 죽음이 다가온다

원하던 것들을 다 세워가는 줄만 알았더니
어느 사이에 다 무너져 내린다
질주할 능력도 사라지고
남아있는 시간에 질질 끌려가고 있다

얼굴에 버짐 꽃이 피기 시작하고
욕심도 욕망도 훌훌 털어내고 나면
마냥 길 것만 같았던 삶도
동네 한 바퀴 돌아온 듯하다

삶이란 알면 알수록
더 쓸쓸하고 고독하다

내 마음에 그려놓은 사람

내 마음에 그려놓은
마음이 고운
그 사람이 있어서
세상은 살맛 나고
나의 삶은 쓸쓸하지 않습니다

그리움은 누구나 알고 있지만
이룰 수 있는 그리움이 있다면
삶이 고독하지 않습니다

하루해 날마다 뜨고 지고
눈물 날 것 같은 그리움도 있지만
나를 바라보는 맑은 눈동자 살아 빛나고
날마다 무르익어가는 사랑이 있어
나의 삶은 의미가 있습니다

내 마음에 그려놓은
마음 착한
그 사람이 있어서
세상이 즐겁고 살아가는 재미가 있습니다

여행을 떠나고 싶은 날

일상의 모든 것을 접어두고 마음을 훌훌 털어버리고
어디론가 훌쩍 여행을 떠나고 싶은 날이 있다

이렇게만 살아야 할까
안타까운 마음이 커지고
머리가 복잡하고 마음이 심란할 때는
이 자리에서 떠나 몸과 마음을 푹 쉬고 싶다

편안한 마음으로 확 터진 바다를 보며
마음을 열어놓고 싶다

가벼운 마음으로 숲길을 걸으며
야생화를 만나 인사를 하고
나무들과 이야기를 나누고 싶다

들길을 걸으며 들꽃을 보고 해맑은 웃음을 웃고
한잔의 커피를 마시며
아름다운 풍경 속에 빠져들고 싶다

반성

걸어온 길에서 살아온 날들에서
무엇을 잘못하고 어떤 것을 실수했는지
뒤돌아보며 뉘우치며 반성한다

부족함이 있기에 모자람이 있기에
연약함이 있기에 잘못하고 실수했지만
좀 더 보충하고
좀 더 확실하게 하며 반복하고 싶지 않다

깨닫지 못하고 반성이 없으면
고침도 없고 새로움도 없이
그냥 그대로 살 수밖에 없다

마음에 확고한 다짐하며
강하고 굳건한 마음으로
내일을 살아야 한다

뜨거운 커피

뜨거운 커피 한잔
혼자 두었더니
외로움에 식어버렸다

세상에 쉽게 되는 일이 어디 있나

세상을 돌아보고 둘러보고
아주 자세하게 살펴보라
어느 것 하나
간편하고 쉽게 되는 것이 어디 있나

이 세상에 존재하는 것들은
수고와 인내가 필요하고
시간과 세월이 필요하고
하나하나 중대한 순서와 절차가 필요하다

먹구름도 사방에서 모여들어야
하늘에서 비가 내리고
모래알도 파도에 밀려 해안에 모여야
드넓은 해변이 되고
물도 모여들어야 거대한 바다가 된다

세상의 이곳저곳을 바라보라
큰 나무가 되려면 나이테에 한 해 한 해
세월이 흘러가야 하고
열매가 열리기 위하여

싹이 성장하여 나무가 되고
꽃이 피어야 열매를 맺는다

세상에 쉽게 되는 것은 하나도 없고
모두 다 수고와 인내가 만들어낸
소중한 것들이다

마음의 집

자신의 마음의 집을
어떤 집으로 짓느냐에 따라
삶의 모습이 달라진다

사람들은 누구나 자신의 마음에
희망의 집, 절망의 집, 슬픔의 집,
기쁨의 집, 다양한 집을 지을 수 있다

마음이 머물고 마음을 만들고
마음에 사는 것들이
삶 속에 표출되고 표현되는 것이다

사람들의 마음속에 사는 것들이
생활 속에서 싹 트고 자라고
꽃 피고 열매 맺는 것이다

누구나 자신의 마음의 집을 잘 지어서
삶을 삶답게 살아가야 한다

찾는다는 것은

찾는다는 것은
지금 갖고 있지 않은 것이다

불행하기에 행복을 찾고
사랑이 없기에 사랑을 찾고
일이 없기에 일을 찾고
돈이 없기에 돈을 찾고
잃어버렸기에 다시 찾는다

찾는다는 것은
원하는 것을 갈망하는 것이다

찾는다는 것은
소유하기를 원하는 것이다

찾아야 얻을 수 있고
찾아야 누릴 수 있고
찾아야 소유하고 간직할 수 있다

초록 산책

초록이 좋아서 숲길을 걸으며
초록 산책을 한다

초록 숲길을 걸으면
몸과 마음이 초록에 물들어
근심 걱정도 사라지고
마음에 잔잔한 평안함이 물든다

초록 숲속의 초록 풀잎
초록의 나무들 모두가
나를 손들어 반겨주고
바람도 불어와 가슴을 시원하게 해주니
기분이 아주 좋다

초록이 좋아서 초록 숲길을 걸으며
초록과 한마음이 된다

짐

나만 짐이 있다고
내 짐만 무겁고 힘들다고 생각하지 말자

이 세상 돌아보면 사는 사람들 저마다 짐을 지고 산다.
모질게 고생하며 홀로 질 수 없는
짐을 지고 살아가는 사람도 많다

상처받은 마음이 회복되어야 성장할 수 있다
어떤 짐도 견딜 수 있고 이겨낼 수 있는
힘이 누구에게나 있다

게으른 사람에게는 궁핍이 큰 걸음으로 찾아오고
부지런한 사람에게는 축복이 빠른 걸음으로 찾아온다

내가 질 수 있는 짐이
나에게 있다는 것도 살아갈 의미가 있고
보람이 있고 기쁨이 될 수도 있다

내가 짐을 짊으로 행복한 가족과
사랑하는 사람이 있다면 얼마나 좋은 일인가
사람들은 저마다 자기 짐을 지고 살아가야 하고
때로는 짐을 지고 힘들고 지쳐가는
사람의 짐을 지워주는 도움과 넓은 마음이 필요하다

시련이 걸어간 길에는 우뚝우뚝 성장이 나타나고
희망의 창문이 있다면 고난과 역경을 기어낼 수 있다
우리의 짐을 잘 지고 살아갈수록
삶은 가치가 있고 보람과 감동이 찾아온다

이제는 홀가분하게 비워야 할 때

이제는 홀가분하게 비워야 할 때
가져갈 것 하나 없는데
나이 늘어 무슨 욕심을 내고 살까

탐을 내던 것 욕심을 내던 것 훌훌 벗어던지고
하나씩 하나씩 비워가며
빈손, 빈몸, 빈 마음으로
아주 홀가분하게 훌쩍 가볍게 떠나자

이제는 홀가분하게 비워야 할 때
이 세상에 내 것 하나 없는데
나이 늙어 무슨 탐을 내며 살까

쓸데없이 원하던 것 바라던 것
하나씩 하나씩 비워가며
아무 가진 것 없이 떠날 때
빈 마음으로 편하게 훌쩍 가볍게 떠나자

피곤이 몰려오는 날

가로등과 거리의 자동차들이
눈 뜨기 시작하는 저녁이 오면
눈꺼풀마저 무겁게 눌려 내리고
빌딩과 아파트의 불빛이 살아나면
피곤이 마구 몰려온다

피곤하고 나른한 삶 졸음을 쫓아내려고
커피 두 잔을 걸쭉하게 단 한 번에 마신다

어깨가 무겁고 의욕이 없다가도
잠시 잠깐이라도
기분이 개운해지고 상쾌해져
이런 마음에 피곤이 몰려오면
커피를 더 찾는다

힘들고 지쳐있을 때
아무것도 위로가 되지 않을 때
진한 한잔의 커피가
다정한 친구가 되어준다

오늘 하루가

오랜 후에 오늘을 생각해도
후회가 없다면
얼마나 멋진 삶입니까

삶의 순간순간이 아름다워야
우리들의 삶이 아름답습니다

삶을 어둡게 살기보다는
빛 가운데 드러나게 살아야 합니다

삶을 고통스럽게 만들기보다는
즐거움으로 만들어가야 합니다

오늘 하루가 행복해야
내일이 행복합니다

외줄기 길

사람이면 누구나 꼭 가야 하는
인생이란 외줄기 길은 목숨의 길이다

한평생이 다하는 날까지
누구나 어김없이 빠짐없이
꼭 가야만 하는 길이다

이 길을 가면서 즐겁고 행복한 사람도 있고
힘들고 불행한 사람도 있고
처참하도록 비극적인 사람도 있다

외줄기 길 속에서도
희망을 꽃 피우는 사람이 있고
불행에 빠지는 사람도 있다

사람이면 누구나 꼭 가야 하는
삶이란 외줄기 길은
가면 갈수록 목숨이 줄어드는 길이다

다 괜찮아 그럴 수 있는 거야

다 괜찮아 그럴 수 있는 거야
너무 근심하지 말고
너무 걱정하지 마
세상 사람 다 똑같이 사는 거야

이 세상 사람 중에
허물하나 흠 하나
단점 하나 없이
온전한 사람 하나도 없는 거야

눈 깜박할 사이에도
누구나 넘어지고
누구나 실수하고
누구나 좌절도 하며 살아가는 거야

나 혼자만 왜 이럴까
비굴한 생각하지 마
나 혼자만 왜 이럴까
칼날 울음 울며
마음의 뼈가 다 드러난 듯
나약한 생각하지

힘들 때마다 발걸음 힘차게 내디디며
다시 일어서는 거야
어려울 때마다 고난을 딛고 일어서서
헤쳐 나가는 거야

잘 할 수 있어 잘 될 거야
다 괜찮아 그럴 수 있는 거야

삶 속에서 피어나는 꽃

삶 속에서 피어나는 꽃들이
아름답고 다양해야 행복하다

희망 꽃, 웃음꽃, 행복 꽃,
사랑 꽃, 기쁨 꽃, 감동 꽃, 다양한 꽃들이
마음속에서 활짝 피어나야
얼굴에 웃음꽃이 활짝 피어난다

우리들의 마음은 갖가지 감정들이
피어나는 꽃밭이다

우리들의 마음을 아주 잘 가꾸어
날마다 꽃이 활짝 피어나게 해야 한다

날마다 마음속에 행복을 주는
꽃들이 아름답게 피어나면
우리는 날마다 행복하게
즐거움 속에서 살아갈 수 있다

삶이 즐거워지면

삶이 즐거워지면 삶에 기쁨이 넘치듯 많아지고
눈에 보이는 것들이 아름답다

손에 잡히고 만지는 것들이 즐겁고
발길 닿는 곳마다 즐겁고
마음이 가닿는 곳마다 즐겁다

삶이 무척 행복해지면
삶에 환한 웃음이 많아지고
기쁨의 농도가 짙어진다

삶에 큰 기대감이 생기면
일하는 것이 즐겁고 사랑하는 것이 기쁘다

삶에 보람을 느끼면
온몸이 행복하고 좋아서 웃고
만나는 사람들이 좋고
오늘과 내일이 즐겁고 기대가 된다

오래된 신발

오래된 신발 속에는
내가 걸어온 길이 다 들어있다

신발은 언제나 내 발이 가는 곳으로
말 없이 따라갔다

길을 걸어갈수록 신발에는 때가 묻고
세월이 흘러갈수록 힘들어 낡아갔다

오래된 신발은 내가 버릴까 봐
더 신어주기를 원했다

내 오래된 신발이
나와 오랫동안 함께
동행해주어서 참 고맙다

나에게로 찾아오는 길

그대가 나에게로 찾아오는 길은
언제나 활짝 열려 있습니다

이 길은 사랑의 길이기에
그대와 나의 만남을 위한 행복의 길입니다

그대가 언제 어느 때나 찾아와도
나는 두 손을 들어 환영하며
기쁨으로 반갑게 맞아 드릴 것입니다

그대가 찾아온다면
나는 멀리서도 알아볼 수 있습니다
사랑하는 사람은
언제나 눈에 담고 마음에 담고
살고 있기 때문입니다

그대가 나에게로 찾아오는 길은
오늘도 지금도 활짝 열려 있습니다

우리 언제 또 봐요

헤어지면서 다시 만날 약속도 하지 못하고
아쉬움에 툭 던진 말
"우리 언제 또 봐요!"
언젠가가 이토록 길 줄은 몰랐다

세월이 흘러가니 추억이 되고
추억이 쌓이니 그리움이 생긴다

세월 지나고 보니
간당간당 남아있는 미련에
후회가 남아있다
다시 만날 약속하고 헤어질걸
그랬다는 아쉬운 생각이 든다

"우리 언제 또 봐요!"
어쩌면 살다가 정말 우연히
만나지 않으면 영영 못 만날지도 모른다

흘러가는 세월 속에
우리는 모두 다 떠나버릴 텐데
"우리 언제 또 봐요!"한 말이
다시 보고픈 마음에 가슴 속에
그리움이 되어 남아있다

우리 만나요

홀로 가는 인생길 걸어가다가
외롭고 쓸쓸하고 고독하면 우리 만나요

손끝에서 발끝까지 그리움이 몰려오면
보고 싶다는 말을
수없이 말해도 아무 소용이 없어요
우리 만나요

만남 속에 사랑이 이루어지고
우리의 만남 속에 웃음꽃 피며
행복을 만들어 갈 수 있어요

고통의 막다른 골목에서
괴롭고 힘들고 지치면 우리 만나요

만남 속에 기쁨을 찾고
우리의 만남 속에 단비를 맞듯
꿈과 희망을 이루어 갈 수 있어요

세월 1

흘러가는 세월이 빠른 것이 아니라
나이가 들어 늙은 것이다

매일 매일 똑같이 반복되는
세월에 황혼이 찾아온 것이다

똑같이 찾아온 세월이지 하다가
신이 나서 떠돌아다닌 구름처럼
세월만 흘러가 버린 것이다

세월이 마냥 길고 긴 시간일 줄 알았더니
지나고 보니 짧은 세월이라
청춘도 바람처럼 사라진 것이다

뿌리 박혀 있는 세월은 없으니
모두 다 흘러가 버린 것이다

세월이 바람처럼 왔다가
속절없이 청춘과 함께 사라진 것이다

세월 2

세월이 가다 서기를 반복하며 나도 모르게
흘러간 줄 알았더니 온 세상에 꽃을 피워 놓았다

헌책방 중고 서적에는 지난 세월이 모여 있고
고물상에는 버려진 물건들 속에 흘러간 세월이 있다

하루하루 산다는 것이 얼마나 소중한 시간인가?
치 떨리게 힘든 나날들 떨칠 수 없고 감당할 수 없는
고통 속에 쓸쓸한 목숨 죽어갈 때 비참하다

꿈이 없는 막연한 고통은 치욕의 순간처럼
부끄럽고 절망의 골목으로 몰아넣고
늘 내일을 알 수 없어 걱정이 태산처럼 쌓이고
끙끙 앓고 잠 못 들고 시달렸던
모진 삶이란 늘 죽음과 함께하는 참혹한 시간이다

세월이 나도 모르게 흘러간 줄 알았더니
아이가 청년이 되고 청년이 노인이 되고
내 이마에 흔적을 남겼구나
세월이 흘러가며 발자국을 남겨 놓았구나

그리도 맑던 날이 흐른 날이 되어
늙음이 찾아와 서글픔에
슬픈 생각이 마음에 고여들었다

세월 3

세월은 흘러가고 멈추지 않는다
세상은 어느 곳마다 반갑게 맞아주고
정겨운 사람들이 있어 살아간다

세상 떠들썩하게 잘 살아도
오금이 저리게 지난날을 후회해도
세월은 훌쩍 떠나버린다

살다 보면 너무 뻔한 것 같아 무엇이나
시들해지고 사람들도 시무룩해지고
나이 들어가며 사는 재미를 잃어간다

역사의 수레바퀴를 돌리며 절망만
자꾸 만들며 흘러가는 세월은 아무런
아쉬움도 없고 미련도 없다

흘러가는 세월을 바라보는 사람들만
아쉽고 안타깝지만
세월은 모른 척 저 멀리 떠나간다

세월은 인생을 한동안은 젊게 만들었다가
계속해서 늙게 만들어가고
사람들은 이 세상에 그냥 왔다 그냥 떠난다

세월 4

흐르는 세월 속에 살다가
지나고 보니 세월이 단숨에 흘러가고
삶이란 슬픈 세월을 서성이며 살다 가는 것
어둠 속에서 걸으면 발걸음이 무겁다

나이가 들어 알 만할 때가 되니
세월이 훌쩍 지나가 버려
애절한 한숨만 터져 나온다

시끌벅적 다툼도 욕심에서 시작하고
헐떡이며 살아온 세월 허망해서
눈깔이 터져 나오도록 원통하다

등골이 썩어 문드러지게 고통스럽고
절망 속에 몸부림치며 괴로워했던 날도
지나고 보니 한순간이었다

만사가 싫어 모든 걸 훌훌 털어버리고
싶을 때가 많고 많아도
허겁지겁 배를 채우고 살아서 할 말이 없고
행복도 불행도 찾아갈 사람에게 찾아간다
흘러가는 세월 속에 뭐하나
손에 꼭 움켜쥔 줄 알았더니 결국 텅 빈 빈손이다

추억의 집

추억의 집에는
지난 세월의 이야기들이 살고 있다

내 곁을 떠나간
세월의 수많은 일이 수많은 사람이
기억 집에서 그 시절 그 모습
그대로 살고 있다

지난 세월 속에는
즐거웠던 날도
아쉬웠던 날도
안타까웠던 날도 있었다

추억의 집에서
지난날 그리움 속의 보고 싶었던
사람들을 만나고 있다

화이트데이

화이트데이에
내 마음 듬뿍 담아주고 싶어
사랑하는 아내에게 금사탕을 선물했다
"영원히 녹지 않을 사탕과 함께
내 사랑을 선물하겠다!"라고 말했다
아내는 "어떻게 이런 선물을 생각했느냐?"며
최고의 선물이라고 좋아했다
단 한 사람을 진실하게 사랑하는
설레는 마음 그 자체가
가장 아름다운 최고의 선물이다
이 좋은 날
사랑하지 않고 어쩌랴

나와의 싸움

삶은
나와의 싸움이다

수없이 진통을 겪으며
나 자신을 새롭게 변화시켜
뛰어넘어야 한다

언제 어느 때라도 절대로
포기하지 않고
좌절하지 않고
서두르지 않고
망설이지 않고
쉽게 꺾이지 않아야 한다

나와의 싸움에서
나를 이겨내는 것이다

자기 스스로 고정관념에서
나를 뛰어넘으면
아름다운 날 보람된 날
무르팍 '탁' 치도록 좋은
행복한 날이 찾아온다

너를 만나면 더 멋지게 살고 싶어진다

너를 만나면
눈인사를 나눌 때부터
재미가 넘친다

짧은 유머에도
깔깔 웃어주는 너의 모습이
내 마음을 간질인다

너를 만나면
나는 영웅이라도 된 듯
큰 소리로 떠들어댄다

너를 만나면
어지럽게 맴돌다 지쳐있던
나의 마음에 생기가 돌아
더 멋지게 살고 싶어진다

너를 만나면
온 세상에 아무도 부러울 필요가 없다.
나는 너를 만날 수 있어
신난다

너를 만나면
더 멋지게 살고 싶어진다

우리는 작은 사랑으로도 행복하다

우리는 작은 사랑으로도
행복을 느낄 수 있다
세상은 사랑으로 넘쳐난다.
드라마도 영화도 연극도
시와 소설도 음악도
모두 사랑을 주제로 하고 있다

사랑이 크고 떠들썩하다고
행복한 것은 아니다.
꽃이 크다고 다 아름답지는 않다
작은 꽃들도 눈부시게 아름답다

우리는 거창한 사랑보다
작은 사랑 때문에 행복할 수 있다
한마디의 말, 진실한 눈빛으로 다가오는
따뜻한 시선을 만날 때,

반갑게 잡아주는 정겨운 손
좋은 날을 기억해주는 작은 선물
몸이 아플 때 위로해주는 전화 한 통
기도해주는 사랑의 마음

모두 작게만 느껴질 수도 있지만
그 작은 일들이 우리를 행복하게 만들어준다

수많은 사람에게 우리 마음에서
우러나오는 작은 사랑을 나눈다면
행복과 사랑을 나누어주는
멋진 사람이 될 것이다

외로울 때 누군가 곁에 있어 준다면

외로울 때 누군가 곁에 있어 준다면
쓸쓸했던 순간도 구석으로 밀어놓고
속 깊은 정을 나누며 살아갈 수 있기에
살맛이 솔솔 날 것입니다

온갖 서러움을 홀로 당하며 살아왔는데
가슴에 맺힌 한을 풀어줄 수 있는
넉넉한 마음을 갖고 있다면
가슴에 켜켜이 쌓였던 아픔도
한순간에 다 사라지고 말 것입니다

생각하지 못했던 어려움이 닥쳐
절망의 한숨을 내쉬어야 할 때도
누군가 곁에 있어 준다면
비참하게 짓밟혀 싸늘하게 얼어붙었던
냉가슴도 따뜻하게 녹아내릴 것입니다

내 삶을 넘나들던 아픔을 다독여주고
늘 죽치고 가라앉게 하던 우울과
치밀어 올라 찢긴 가슴도 감싸준다면

끝없이 짓누르던 고통도
멈추고야 말 것입니다

흠집투성이 그대로 받아줄 수 있는
마음이 푸근하고 넉넉한 사람이라면
잠시 어깨를 빌려 기대고 싶습니다

항상 죄스러운 마음으로
눈물 꽃 피우며 살아왔는데
거칠어진 손 따뜻하게
잡아주며 활짝 웃어준다면
하늘 한 번 제대로 못 바라보고
울게만 하던 모든 서러움도
다 떠날 것입니다

한목숨 다 바쳐 사랑해도 좋을 이

한목숨 다 바쳐
사랑해도 좋을 사람 있다면
목숨의 뿌리 다 마를 때까지
온몸과 온 마음으로
사랑하고 싶습니다

밀려오는 파도처럼
멀리 떠나가야만 하는 세상
후회 없이 미련 없이
쏟아져 내리는 폭포수처럼
사랑해도 좋을 사람 있었으면 좋겠습니다

언젠가 세월의 연줄이 다 풀리고 말아
젊음이 녹슬어 가기 전에
가슴 저미도록 그립고
사무치게 생각나는 이 있다면
모든 걸 송두리째 불태우고 싶습니다

흘러만 가는 세월이 아쉽고
떠나만 가는 세월이 안타까워
덧없이 의미 없이 단조롭게 살기보다
한목숨 다 바쳐
사랑해도 좋을 사람 있다면
그를 위해 모든 걸 포기하더라도
사랑하며 살고 싶습니다

여보!

여보!
나이가 들어 늙어갈수록
우리 행복하게 살아요

어느 날 갑자기
둘 중 한 사람 훌쩍 떠나면
홀로 남는 허전함과 쓸쓸함을
어떻게 감당하며 살아야 하나요

떠난 후에 괜한 미안함에
안타까워하며 후회하지 않도록
우리 함께 사는 날 동안
서로 아낌없이 사랑을 나누며 살아요

여보!
늘 함께 해주어서
정말 고마워요!

멋있게 살아가는 법

나는야
세상을 살아가며
멋지게 사는 법을 알았다네

꿈을 이루어가며 기뻐하고
유머를 나누며
만나는 사람들과 모든 것들을
소중히 여기면 된다네

넓은 마음으로
용서하고 이해하며
진실한 사랑으로 함께해주며
욕심을 버리고
조금은 손해 본 듯이
살아가면 된다네

나는야
세상을 신나게
살아갈 수 있음을 알았다네

나 하나쯤

나 하나쯤 없어도
잘 돌아가는 세상에서
내가 필요한 곳이 있고
할 수 있는 일이 있다는 것은
참으로 소중한 일입니다

나 하나 때문에
누군가에게 희망을 줄 수 있고
누군가에게 사랑을 주고
받을 수 있다면
참으로 고마운 일입니다

나 하나쯤은 없어도
아무런 티도 안 나는 세상에서
내가 누군가를 위하여
존재하고 살아간다는 것은
참으로 축복받은 일입니다

나 하나 때문에
할 수 있는 일이 있고
누군가를 배려할 수 있고

이해하고 함께할 수 있다면
얼마나 행복한 삶입니까

나를 만나는 사람들에게
행복을 주고
서로 약속을 지켜주고
기댈 수 있는 구석이 있고
아픔을 서로 나눌 수 있다는 것은
우리의 존재 이유가 되는
참 감사한 일입니다

다 잊고 계십니까

흘러가는 세월 따라
모든 것을 다 잊고 계십니까

우리가 서로 너무도 떨어져 있듯이
다시는 만날 수 없는
아쉬움과 안타까움만 남았습니다

다 잊고 계십니까
수없이 사랑한다고 고백했던 말도
언제나 곁에서 함께 해주겠다는 말도
다 잊고 계십니까

이 세상을 살아가는 이유가
나를 사랑하기 때문이라는 말을
벌써 까맣게 있었습니까

지금 어디에 있습니까
어디서 살고 있습니까
왜 그리도 연락이 없습니까

세월은 자꾸 흘러가는데
아직도 미련이 남아있습니다
이토록 그리움이 가득한데
다 잊고 계십니까

인생

한 줌의 재로 사라질
삶을 살아가면서
더는 바랄 것 없이 초라해도
짭조름한 눈물도 흘릴 줄 알아야
인생을 사는 거야

바람도 빈 가지에 머물지 못하고
떠나가듯이 삶도 떠나가는 거야

약삭빠르고 의심 많은 사람 속에서
고통을 목구멍으로 넘기며
슬픔에 젖은 눈물은 꾹 참는 거야

아무런 고통 없이
안락만 누리면 희희낙락
마냥 넋 잃고 사는 것이
인생 맛은 아니야

때로는 쓸쓸함이 휘몰아치는
시련 속에서
고통 속에서
절망 속에서 서로 보듬어 주고
어설픈 넋두리 속에서도
웃을 수 있는 것이
진정 인생의 맛이야

우리의 삶의 시간이

우리의 삶의 시간이
안녕이라고 말하기 전에
우리 사랑합시다

오늘 이날이 지금, 이 순간이
얼마나 소중한 시간입니까

우리에게 다시 찾아오지 않을
너무나 소중하고 아까운 시간입니다

사랑하는 사람도 언젠가는
서로 헤어져야 하는 안타까운
안녕의 시간이 찾아옵니다

삶은 우리에게 영원한 시간을
절대 허락하지 않습니다
우리에게는 주어진 시간이 있습니다

지금, 이 순간은
우리가 서로 사랑해야 할 시간입니다
오늘 이날은 우리가 사랑하며
아름다운 추억을 만들 시간입니다

왜 그리도 아파하며 살아가는지

이 수많은 사람이
어디로 가자는 것이냐
하루하루를 살아가며
넓은 세상에
작은 날을 사는 것인데
왜 그리도 아파하며 살아가는지

저마다의 얼굴이 다르듯
저마다의 삶이 있으나
죽음 앞에서 허둥대며 살다가
옷조차 입혀주어야 떠나는데
왜 그리도 아파하며 살아가는지

사람들이 슬프다
저 잘난 듯 뽐내어도
자신을 보노라면
괴로운 표정을 짓고
하늘도 땅도 없는 듯 소리치며

같은 만남인데도
한동안 사랑하고
한동안 미워하며
왜 그리도 아파하며 살아가는지

부부

나이 들고 늙어갈수록
모두 다 떠나고
결국에는 둘만 남습니다

부모도
자식도 친구도 하나 둘 떠나가고
우리 둘만 남습니다

당신이 너무 소중합니다
언제나 건강하기를 바랍니다

우리의 남은 인생
우리 함께 아름답고 멋지게
소중하게 살아갑시다

지금 비가 내리고 있습니다

지금 비가 내리고 있습니다
창밖을 내다보다
그대가 그리워졌습니다
그곳에도 비가 내리고 있습니까

비가 내리는 날은
보고픈 사람이 있습니다
만나고 싶은 사람이 있습니다

비가 내리는 날은
우산을 같이 쓰고
걷고픈 사람이 있습니다

한적한 카페에서
비가 멈출 때까지
이야기하고픈 사람이 있습니다

지금 내 마음에도 비가 내리고 있습니다
그대 마음에도 비가 내리고 있습니까

당신을 기억할 것입니다

당신을 기억할 것입니다

우리가 만났던 날들이
그리움으로 욱신거려도
함께한 순간들이
낭만이 되어 고스란히 남아 있습니다

우리가 만나지 못했다면
남아있는 것은
고독한 마음 한 자락뿐
눈물 날 정도로 쓸쓸한 마음뿐입니다

이 지상에 그리워할 수 있는
사람이 있고
사랑하는 사람이 있다는 것이
얼마나 행복합니까

우리가 함께한 시간이
가슴에 남아있습니다

당신을 생각할 때마다
심장이 뜨거워서
그리움이 온몸에 가득합니다

당신을 그리워할 때마다
삶의 이유를 깨닫고
삶에 보람을 느낍니다

당신을 기억할 것입니다
숨이 멈추는 순간까지
가슴에 담고 살겠습니다

산책

모든 것이 제자리를 찾아 있다
나만 걷는다

시계는 시시각각으로 변하는
시간 속으로 빨려 들어가고 있다

지치고 힘들고 어지러웠던
일상의 삶을 잠시 떠나는
쉼표의 시간이다

발끝에서 발끝으로 이어지는 길을
가볍게 걷는다
심장이 따뜻해진다

눈으로 다가오는 푸른 나무들
마음으로 생명으로 읽어내린다

코끝으로 다가오는 싱그러움을
가슴에 담는다
살아있음이 행복하다

들꽃을 볼 수 있다는 것은

들꽃을 가까이 볼 수 있다는 것은
나를 옭아매던 것들에서
벗어나 마음의 여유를 갖는 거다

숲 향기를 온몸에 받으며
들꽃을 바라보며
그 아름다움에 취할 수 있다는 것은
그만큼 마음이 맑아졌다는 거다

늘 벗어나려고 몸부림치면 칠수록
더 얽매이게 되는 것들을
훌훌 털어내는 거다

바라보는 시선이 바뀌는 순간
생각하는 것들이 바뀌는 순간부터
우리의 삶은 갈라지기 시작한다

번잡한 일상에서 벗어나
들꽃을 바라보면
마음이 너그러워진다

이름도 알 수 없는 들꽃이지만
알려지지 않은 곳에서
어떤 이유도 말하지 않고
어떤 조건에도 굴하지 않고
온몸을 다하여 피어난다는 것은
참으로 놀라운 일이다

틀 안에 숨어 살며
괴로움에 빠지기보다
들꽃을 바라보면
마음이 편안해진다
마음이 진실해진다

소낙비 쏟아지듯 살고 싶다

여름날 소낙비가 시원스레 쏟아질 때면
온 세상이 새롭게 씻어지고
내 마음까지 깨끗하게 씻어지는 것만 같아
기분이 상쾌해져 행복합니다

어린 시절 소낙비가 쏟아져 내리는 날이면
그 비를 맞는 재미가 있어
속옷이 다 젖도록 그 비를 온몸으로
다 맞으며
집으로 돌아왔습니다

흠뻑 젖어 드는 기쁨이 있었기에
온몸으로 온몸으로
다 받아들이고 싶었습니다

나이가 들며 소낙비를 어린 날처럼
온몸으로 다 맞을 수는 없지만
나의 삶을 소낙비 쏟아지듯 살고 싶습니다

신이 나도록
멋있게
열정적으로
후회 없이 소낙비 시원스레 쏟아지듯 살면
황혼까지도 붉게 붉게 아름답게 물들 것입니다
사랑도 그렇게 하고 싶습니다

내 추억의 창고에는

지나온 모든 것들은
내 마음속에서 그리워지는
풍경이 되어 남아있다

내 추억의 창고에는
빛과 그림자로 그려지는 삶 속에
참 다양한 사람들이 살고 있다

내가 좋아한 사람
내가 미워한 사람
내가 그리워하는 사람들의
고적한 목소리가 남아있다

시간이 만들어 놓은
유쾌한 즐거움이
남겨놓은 그림자가 추억이다

내 추억의 창고에는
참 다양한 것들
내가 갖고 싶었던 것들

내가 소유했던 것들
내가 잃어버린 것들이
고스란히 남아있다

내 목숨 꽃 지는 날까지 1

내 목숨 꽃 피었다가
소리 없이 지는 날까지
아무 후회 없이
그대만을 사랑하고 싶습니다

겨우내 시린 바람에 난
상처투성이 아물어
봄꽃이 화려하게 피어나듯이

이렇게 화창한 봄날이라면
내 마음도 마음껏
펼쳐 보였으면 좋겠습니다

이렇게 화창한 봄날이라면
한동안 담아두었던 그리움도
꽃으로 피워내고 싶습니다

행복이 가득한 꽃향기로
웃음이 가득한 꽃향기로

내가 어디를 가나
그대가 뒤쫓아 오고
내가 어디를 가나
그대가 앞서갑니다

내 목숨 꽃 피었다가
소리 없이 지는 날까지
아무런 후회 없이
그대만을 사랑하고 싶습니다

내 목숨 꽃 지는 날까지 2

내 목숨 꽃 피었다가
그 어느 날 소리 없이 지더라도
흐르는 세월 탓하지 않고
살아가고 싶습니다

모두들 떠나는데
그 사람 중에
나도 또 한 사람
언젠가는 이 지상에서 떠나야 하지만
내 삶을 기쁘게 살고 싶습니다

삶의 시간
한순간 한순간이
얼마나 소중한지요
만나는 사람들이
얼마나 따뜻한지요

고독에 너무 깊이 파묻혀
괴로워하지 않고
작은 기쁨도 잔잔한 사랑도
함께 나누며 살고 싶습니다

내 목숨 꽃 피었다가
바람이 불 때마다 떨어지더라도
모든 것을 감사하며 떠나고 싶습니다

행복을 느낄 수 있다는 것은

삶이란
바다에 잔잔한 파도가
치고 있다는 것이다

사랑하는 사람과 함께
낭만이 흐르고
음악이 흐르는 곳에서
서로의 눈빛을 나누며
함께 커피를 마시고
흐르는 계절을 따라
정답게 사랑의 거리를 걸으며
하고픈 이야기를 나눌 수 있다는 것이다

사랑하는 사람과 한집에 살면서
나란히 신발을 함께 놓을 수 있으며
마주 보며 함께 식사를 할 수 있고
편안히 잠들고 깨어날 수 있다는 것이다

서로를 이해하며
서로가 원하는 것을 나누며
함께 꿈을 이루어가며

기쁨과 웃음과 사랑이
충만하다는 것이다

행복을 느낄 수 있다는 것은
보이지 않는 삶의 울타리 안에
평안함이 가득하다는 것이다

삶이란
들판에 가슴을 잔잔히 흔들어 놓는
바람이 불고 있다는 것이다

사랑하라

사랑하라
모든 것을
다 던져버리고
아무런 아낌없이
빠져들어라

사랑하라
인생에 있어서
이 얼마나 값진 순간이냐

사랑하라
투명한 햇살이
그대를 속속들이 비출 때
거짓과 오만
교만과 허세를 훌훌 털어버리고
진실 그대로 사랑하라

사랑하라
뜨거운 입맞춤으로
불타오르는 정열이 흘러내려

사랑이 마르지 않도록
목숨이 다하는 날까지
사랑하라
사랑하라

우리 만나서 커피 한잔 합시다

거리를 걷다가 마음이 울적해지면
우리 만나서 커피 한잔 합시다

혼자 왠지 쓸쓸해서
마음속 고독이 세상 밖으로 터져 나오면
우리 만나서 커피 한잔 합시다

한잔의 커피에
음악과 낭만과 사랑이 흐르고
우리들의 삶이 흘러갑니다

언제든 어느 때나 원한다면
당신과의 만남을 위하여
시간을 비워 넣고 기다리겠습니다
우리 만나서 커피 한잔 합시다

산다는 게 다 그렇지만
허망함에 속이 타 견딜 수 없고
외로움이 숨통을 조이면 만나야 합니다
산다는 게 다 그렇지만

엇갈림이 있으면
이어지는 것도 있습니다

목마르고 늘 칼칼한 세상
오랜만에 커피 한 잔 나누며
그동안 다하지 못한
우리 이야기를 나눕시다
우리 만나서 커피 한잔 합시다

삶을 느낄 만한 때가 되면

우리는 삶을 얼마나 깊이 느끼고 살고 있을까
남의 이야기에 귀를 기울이고만 있지는 않을까
내 삶도 그들의 삶 속에
빨려 들어가고만 있는 것은 아닐까

살다 보면 지루하고 따분해
누군가와 만나고 싶고 말하고 싶고
어디론가 떠나고 싶을 때가 있다.

매일매일 반복되는 꼭두각시놀음이 싫어
피 같은 후회의 눈물을 흘려도 좋을
미치도록 사랑하고 싶을 때도 있지만
늘 엇갈림 속에 세월은 빠르게 흐른다

갈증이 멎고 삶을 느낄 때쯤이면
어느 사이에 모든 것으로부터
너무나 멀리 떨어져 있는 것은 아닐까

겨우 삶을 느낄 만한 때가 되면
살아야 할 시간을 많이 지나쳐온 것 같다

단 한 사람만을

일생
단 한 번
단 한 사람만을 사랑해도 좋으리라

때 묻지 않은 마음으로
욕심 없이 순수하게
사랑할 수 있다면

그대 마음이
얼음보다 더 차다고 하여도
불보다 더 뜨거운
나의 심장으로 녹여가며 사랑하리라

그대를 평생토록
사랑할 수만 있다면
안개구름 산허리를 껴안듯이

그대를 꼭 안아주며
언제나 그 자리에 서 있는
산처럼 그대를 지켜주리라

어느 날 하루는

어느 날 하루는
여행 떠나
발길 닿는 대로 가야겠습니다

그날은 누구를 꼭 만나거나
무슨 일해야 한다는
마음의 짐을 지지 않아서
좋을 것 같습니다

하늘도 땅도 달라 보이고
날아갈 듯한 마음에
가슴 벅찬 노래를 부르며
살아있는 표정을 만나고 싶습니다

시골 아낙네의 모습에서
농부의 모습에서
어부의 모습에서
개구쟁이들의 모습에서
모든 것을 새롭게 알고 싶습니다

정류장에서 만난 사람에게
가벼운 눈인사하고
산길에서 웃음으로 길을 묻고
옆자리의 시선도 만나
오며 가며 잃었던
나를 만나야겠습니다

아침이면 숲길에서
나무들의 이야기를 묻고
구름이 떠가는 이유를 알고
파도의 울부짖는 소리를 들으며
나를 가만히 들여다보겠습니다

저녁이 오면 인생의 모든 이야기를
밤새도록 만들고 싶습니다
돌아올 때는 비밀스러운 이야기로
행복한 웃음을 띠겠습니다

컵 하나엔

컵 하나엔
언제나
커피 한잔만을
담을 수 있다

우리가 몸서리치며
어금니 꽉 깨물고 살아도
욕심뿐
일인 분의 삶이다

컵에
조금은 덜 가득하게
담아야
마시기 좋듯이

우리의 삶도
조금은 부족한 듯이
살아야
숨 쉬며 살 수 있다

당신을 기다리고 있습니다

당신을 기다리고 있습니다
그리움이 송곳처럼 찔러 들어와
오늘쯤은 오지 않을까
창밖으로 자꾸만 눈이 갑니다

세월이 흐르면
그리움도 사라지고 마모될 줄 알았더니
아직도 잔향이 남아있어
미치도록 그리워집니다

지금 어디쯤 계십니까
짧은 인사도 없이 도망치듯
떠나버린 당신을 기다리다 견디지 못해
달려가고만 싶습니다

빼곡할 것만 같았던 삶의 시간도
허전하도록 자꾸만 짧아져 가고
미련은 마음의 능선을 넘어가는데
어긋난 기다림이 고조되면 병이 됩니다

당신을 기다리고 있습니다
삶의 지루함을 벗어나
마음의 칸막이를 뜯어내고
남은 세월에 걸맞은 사랑을 하고 싶습니다

하루쯤은 하루쯤은

하루쯤은 하루쯤은
멀리 아주 먼 곳으로 가서
사랑하는 사람을 안고 또 안고
원초적인 사랑을 하고 싶다

뻔히 아는 삶
뻔히 가는 삶

사랑하는 사람과 사랑하는 것이
무슨 죄일까 싶다가도
누군가에게 들켜버린 것 같아
주위를 살피다 웃어버린다

그냥 좋은 대로 살아가야지
그리한들 뭐가 유별나게 좋을까
그러다가도 웬일인지
하루쯤은 하루쯤은
사랑하는 사람을 꼭 안고 싶은
마음을 어찌할 수가 없다

감옥 같은 날

당신은 감옥 같은 날을 알지요
가슴이 터지도록 아파서
어디론가 떠나고 싶지만

나서면 강이요
나서면 산이요
나서면 바다요
어디든 인생의 벼랑이어서
들어서면 갈 곳이 없어

하루가 지나고
이틀이 지나고
세월이 가면
그런 마음도 잊고 살지요

숫자놀이

욕심이 가득한 사람은
마음 자락이 모두다
숫자놀이에 푹 빠져있다

자신의 욕심을 채우기 위하여
욕심의 숫자를 높이기 위하여
수단과 방법을 가리지 않는다

자신의 욕심을 높이기 위하여
많은 사람에게 상처를 주고
숫자놀이 함정에 빠져 욕심이 끝날 줄 모른다

고개를 빳빳이 쳐들고 숫자의 늪에 빠져보아도
행복한 삶보다 스스로 몸부림치듯
불행한 삶의 그늘 속에 살고 있다

행복은 숫자가 많다고 행복한 것은 아니다
자기가 가진 것에 감사하고
소소한 작은 것들에도
행복을 느끼며 살아갈 수 있다

내 자식들아

나의 꿈이며 나의 사랑이며
나의 모든 것인 내 자식들아
이 험하고 거친 세상에서
항상 건강하고 명랑하게 잘 살아다오

불의와 타협하지 말고 정의롭게 살며
인간미를 잃지 않고 하늘과 땅과 사람들에게
아무런 부끄럼이 없는 떳떳한 삶을 살아가라

돈과 지위와 욕망에 노예가 되거나
허세와 교만에 사로잡히지 말고
늘 성실하고 근면하게 함께 살아가라

이웃들과 정을 나누며 평화를 사랑하고
가족을 소중하게 여기며 하나님을 섬기며
주 예수 그리스도를 온전히 믿으며
사람들 속에서 언제나 필요한 사람이 되어라
내가 언제나 사랑하는 내 자식들아

함정

살다 보면 불행의 함정이 곳곳에 도사리고 있다
스스로 하든지 타의로 하든지 한순간에 헛발을 디디면
함정 속으로 빨려 들어가 떨어진다

불행한 함정에 빠지지 않으려면
말 한마디, 글자 몇 자, 손짓 하나도
해서는 안 될 일, 하지 말아야 할 일
끼지 말아야 할 곳, 가지 말아야 할 곳은
분명하게 선을 그어야 한다

지금까지 살아온 삶이 무너지는 것은 한순간
그것도 아주 짧은 한순간이다
함정에 빠지고 나서 후회해 보아도
아무 소용이 없다 이미 저지른 일이다

세월의 한 자락 어떻게 살아왔는데
인생살이 어떻게 이루어 왔는데
한순간에 송두리째 함정에 빠지겠는가
함정에 빠지고 안 빠지고는
본인의 생각과 마음과 행동의 선택이다

이야기를 나누는 행복감

정겨운 사람들과
이야기를 나눌 수 있는 것만으로도
마음이 툭 터지고 행복해진다

이야기를 도란도란 나누다 보면
머리를 감싸고 있던
고통으로부터
맑고 깨끗하게 벗어날 수 있다

삶의 압박과 어떤 시련도
잘 견디어낼 수 있도록
마음을 달래주고 부드럽게 벗겨준다

움츠리고 싶었던 마음이 넉넉해지고
흔들리고 위태로웠던
마음이 균형이 잡힌다

내 발끝이 어디로 가느냐에 따라
달라지는 내 삶이
가야 할 길을 안내해준다

서로가 마음을 열고
아무런 부담 없이 대화를 나누다 보면
어떤 욕심도 발동하지 않아
밝게 웃으며 마음을 주고받을
여유로움을 가질 수 있다

사람답게 살아간다는 것은

이 세상에 태어나
사람답게 살아간다는 것은
겨우내 언 땅을 뚫고
돋아나는 새싹처럼
결코 쉬운 것은 아니다

시시때때로 불어오는 바람이 거세고
때마다 넘어야 할 벽이 너무나 많다
잠시 머뭇거리는 사이에 만나는
수많은 미로 속을 헤쳐 나가야 하고
유혹과 속임의 손길에서 벗어나야 한다

실패와 좌절이 생가슴을 찢어놓을 때도
지독한 아픔을 스스로 이겨내야 한다
자신의 꿈과 비전을 이루어낼 수 있는
열정과 자신감을 가져야 하고
옳고 그름을 분별할 수 있어야 한다

꿈이 있어야
메마른 세상에서도 살아갈 힘이 생기고
용기가 있어야

거친 세상에서도 살아갈 능력이 생긴다
사랑해야
인연의 소중함 속에 생기가 돌고
눈물과 웃음의 의미를 알아야
진정으로 삶의 의미를 아는 것이다

자신이 꿈꾸던 것을 다 이루는 날
그 성취감을 마음껏 기뻐할 수 있을 때
살아간다는 것에 감동할 수 있기에
삶의 의미를 가슴에 새겨두며
살아가는 것이다

뒤돌아보니

뒤돌아보니 세월이 쉽게 떠난 듯해도
모두가 소중한 시간이다

나에게 단 한 번의 삶이
찾아오고 주어진 것도
선물같이 고귀하고 아름답다

이제 와보니 안타깝게
떠난 사람들도 모두가
소중하고 귀한 사람들이다

나의 삶 동안에 만나고 헤어진 사람들
지금은 만날 수 없는 사람들도
참으로 소중한 만남이었다

살다 보니 모든 것이
후회되기보다 한탄스럽기보다
추억으로 남았다

힘들었던 순간도 고달팠던 순간도
포기하고 싶었던 절망스러운 순간도
잘 이겨내고 세월이 흐르다 보니
다시는 돌아갈 수 없는 날이 되었다

추억이란

흘러간 세월 속에
정지된 시간 속의 그리움이다

그리움의 창을 넘어
달려가고픈 마음이다

삶이 외로울 때
삶이 지칠 때
삶이 고달파질 때
추억은 자꾸만 밀려온다

추억이란
잊어버리려 해도
잊을 수 없어
평생토록 꺼내 보고 또 꺼내 보는
마음속의 일기장이다

추억은 지나간 시간이기에
아름답다
그리움으로 인해
내 영혼이 맑아진다

아름다웠던 추억

그리움의 발자국이 선명하게
심장을 절개할 때
떠오르는 얼굴 지울 수 없어
질퍽한 고독이 가슴에 흐른다

외로운 밤에는
쩍쩍 갈라지는 고독 속에
그리움에 피가 고여
깨어나지 못하는 잠을 자고 싶다

만나는 순간부터
조마조마하게 덮쳐오는
이별의 손짓에 생각이 후둘 떨렸다

휩쓸고 지난 세월 속에
야금야금 바닥난 기다림에
마음이 두 동강 나 버렸는데
북북 문질러 지우면 안 될까

아무 일도 없었던 것처럼
등 돌리고 아찔하게 떠나
죽은 듯 소리 없이 잊고 살았는데
튀어 오르는 그리움에
속속들이 슬픔이 고여들었다

심장이 멎는 순간까지

파도치며 울먹거려도
그리운 마음 쉽게 지울 수가 없어
허물어지고 흐트러진
이별의 담벼락에 기댈 수 없다

한동안 머물다
모르는 사람처럼 떠나버려
마음마저 허기진 골목이 되어
지랄 같이 멀어져 갔다

외로움은 별이 되어 빛나는데
잿더미가 되어버려
살점을 도려내는 아픔에
혼자 앓아 남루하게 지쳤다

등줄기를 타고 내리는
세월 가기 전에
사랑 속으로 질주하는 느낌을
심장에서 느끼고 싶다

잊고 사는 것은 얼마나 힘든지
핏줄의 흐름마저 끊겨버려
심장이 멎는 마지막 순간까지
구석진 하늘에서라도
너의 얼굴이 보고 싶다

조문

친구가 세상을 떠났다는
부고를 받고 서둘러서
발길을 재촉하여
대학 병원 영안실로 조문 갔다

슬픔이 몰아쳐서 달려갔는데
영정 사진 속에 친구는 나를 보고
반갑다고 웃는다

세상에 태어나
나들이 온 것처럼 늘 즐겁게 살더니
싫증이 나서 하늘나라로 주소지를
일찍 옮겨서 기분이 좋은 모양이다

갑작스러운 죽음 소식에
가슴이 아팠는데
떠난 줄 알았던 친구가
아직도 내 가슴에 남아있다

"친구야!
언제 한번 시간 내서 만나자
우리 커피 한잔 해야지!"

어렸을 때는

어렸을 때는
세상 잘 모르고 부족해
어른이 되면 잘 살 줄 알았다

시간이 흐르고
세월이 흘러 젊은이가 되었을 때
세상과 맞부딪치며 이겨내려고
몸부림치며 살았지만
세상은 살면 살수록
알다가도 모를 것이 많았다

나이가 들어 이마 주름이 생기고
얼굴에 검버섯이 피어나고
머리카락은 하얗게 잔설이 내렸다

아직도 복잡다단한 세상 속에서
외인처럼 고독하게 살지 말고
삶의 여백을 찾아 삶을 즐기고
자유로움이 넘치게 살아야 한다

세월의 속도가 너무 빨라
어느 사이에 여기까지 왔다
황혼의 시절이 되었지만
인생의 일몰에 서서
노을처럼 빛나는
아름다운 황혼이 되고 싶다

마지막 순간까지도

맑은 마음으로 살아
부끄럽지 않고
거리낌이 없다면
행복한 삶을 살아온 사람입니다

나이 들어가며
삶을 되돌아보는 것은
후회 없이 살고 싶은
마음 때문입니다

하나의 촛불도
누군가 끄지만 않는다면
마지막까지 타오르듯이
늘 한결같은 마음으로
서로를 위해 살 수만 있다면
마지막 순간까지도
아름다운 삶을 살 수 있을 겁니다

다음 세상에서 다시 만나면

우리 다음 세상에서 다시 만나면
이 세상에서 가장 멋진 삶을 살아갑시다

하찮은 감정의 노예가 되어
서로 미워하고 다투며 살지 말고
서로의 마음을 먼저 알고 이해해주며
사랑이 얼마나 소중한지를 알며
아름다운 사랑의 열매를 맺으며 살아갑시다

우리 다음 세상에서 다시 만나면
내가 아닌 우리로 살아봅시다

나만 내 생각이 아니라
우리를 위해 살아봅시다

오직 행복한 삶을 위하여
서로 만나 사랑으로 행복을 만들며
사람들의 축복 속에 살아갑시다

죽음이 나에게 찾아오는 날은

죽음이 나에게 찾아오는 날은
화려하게 꽃피는 봄날이 아니라
인생을 생각하는 가을이 되게 하소서

죽음이 나에게 찾아오는 날은
사고나 실수로 나를 찾아오지 않고
허락하신 삶을 다하는 날이 되게 하소서

하늘은 푸르고 맑아
내 사랑하는 이들의 마음이 평안하고
행복한 날이 되게 하소서

늙어감조차 아름다워 추하지 않고
삶을 뒤돌아보아도 후회함이 없고
천국을 소망하며 사랑을 나누며 살아
쓸데없는 애착이나 미련이 없게 하소서

병으로 인하여 몸이 쇠하지 않게 하여 주시고
가족이나 이웃에게 불편함을 주지 않는
기력이 있고 건강한 때가 되게 하소서

나의 삶에 맡겨주신 달란트를 남기게 하시고
허락하신 사명을 감당하게 하시며
가족과 이웃에게 사랑을 나누고 베풀며 살게 하소서

죽음이 나에게 찾아오는 날은
주님의 구원하심과 죄의 용서하심과 사랑을
몸과 영혼으로 확신하는 날이 되게 하소서

가족들에게 웃음 지으며
믿음으로 잘 살아가라는 말과
가족과 이웃을 사랑하라는 말을 남기게 하소서

마지막 숨이 넘어가는 순간 고요히 기도드리며
나의 영혼을 주님께 맡기게 하소서

삶

모두 다
떠나고
혼자 남았다

모두 다
남고
혼자 떠났다

나는 언제나 혼자였다

용
혜
원

시
선
집

아름답고 멋있게
나이 들어가는 사람들을 위한 詩

황혼까지
아름다운
사랑